TARA DUNCAN

D'après la série littéraire *Tara Duncan* de Sophie Audouin-Mamikonian,
publiée aux éditions du Seuil et Flammarion.

ISBN : 978-2-08-124383-5
Loi n° 49-956 du 16 juillet 1949 sur les publications destinées à la jeunesse.

Conception graphique : Frédérique Deviller - Mise en pages : Raphaël Hadid

TARA DUNCAN

La Licorne décornée

Seuil
Flammarion

TARA DUNCAN
et l'équipe Alpha

TARA DUNCAN
Première de l'équipe Alpha

Tara a dix-sept ans. Elle est la petite-fille d'Isabella Duncan, sortcelière réputée, avec qui elle vit depuis que sa mère a disparu. Elle est étudiante.

Jets de magie De couleur bleue.
Familier Galant, un Pégase haut de deux mètres et équipé de serres rétractiles.
Cristal portatif et Pierre Vivante

CALIBAN DAL SABAN,
dit Cal
Deuxième de l'équipe Alpha

Cal a dix-huit ans. Fils d'une famille de Voleurs Patentés, il est malin ; farceur, il est le roi des gadgets. Il travaille dans un vidéoclub.

Jets de magie De couleur or.
Familier Blondin, un renard.
Cristal portatif Doté de rayons X permettant de voir à travers les murs.

GLORIA DAAVIL,
dite Moineau
Troisième de l'équipe Alpha

Moineau a dix-sept ans. Elle est l'arrière-arrière-arrière-arrière-petite-fille de la Belle et la Bête. Elle peut se transformer en monstre de trois mètres de haut. Elle travaille dans une animalerie.

Jets de magie De couleur rose.
Familier Sheeba, une panthère argentée.
Cristal portatif Connecté aux intelligences artificielles d'AutreMonde.

L'univers de

TARA DUNCAN

LA PLANÈTE AUTREMONDE

Située dans la galaxie du Pégase, la planète magique AutreMonde est composée de royaumes et d'Empires dirigés par des sortceliers qui sont dotés de pouvoirs magiques. Il en existe de différentes espèces : elfes, dragons, harpies, loups-garous, sirènes, salterens, tritons, Vampyrs, zombies…

Les Semchanach sont des sortceliers renégats qui ont renié les lois d'AutreMonde et qui viennent sur Terre pour voler des richesses ou des pouvoirs qui n'existent pas sur AutreMonde.

Les Guetteurs sont chargés de chasser les Semchanach. Le chef des Guetteurs et gardien de la Terre est le dragon bleu Chemnashaovirodaintrachivu, dit « Maître Chem ».

SUR TERRE

D'AutreMonde, on accède à la Terre par une porte de transfert. Sur Terre vivent les Nonsos, les humains « non sortceliers » à qui il faut cacher l'existence de la magie.

L'équipe Alpha – composée de Tara, Cal et Moineau – est sur Terre pour chasser et capturer les Semchanach. Ils vivent tous les trois à Rosemond dans un manoir avec leurs familiers, ainsi que Isabella Duncan, la grand-mère de Tara, et Manitou, son arrière-grand-père transformé en chien.

Contrairement à Cal et à Moineau, qui sont AutreMondiens, Tara a été élevée sur Terre et ne maîtrise pas très bien ses pouvoirs, tellement ceux-ci sont puissants.

Chapitre 1

Capture !

Les sabots de l'animal frappent le sol avec puissance. La licorne galope avec l'énergie du désespoir. La renégate ne l'a pas encore rattrapée, mais ce n'est qu'une question de temps. Elle sent sa présence malfaisante qui s'approche inexorablement. Dans sa course éperdue, elle jette des regards tout autour d'elle, espérant apercevoir une de ses congénères qui pourrait lui prêter main-forte, mais, hélas, les plaines du Mentalir sur la planète magique AutreMonde semblent bien désertes à cette heure de la nuit.

La peur laisse place à la colère. Comment elle, Oxanne, une des licornes les plus évoluées de son troupeau, a-t-elle pu se laisser surprendre ainsi toute seule dans la plaine par un Semchanach, un être utilisant la magie à des fins criminelles au mépris des lois d'AutreMonde? Malgré le bruit de sa course, elle entend les bruissements d'ailes qui se dirigent vers elle. Oxanne ignore pourquoi cette créature l'a prise en chasse, mais elle sait que ce n'est pas pour son bien. Il faut fuir… Fuir, mais aussi réfléchir. Qui pourrait lui venir en aide contre un Semchanach ? La réponse est facile : un Guetteur, un sortcelier chargé justement de capturer ces renégats. Un nom s'impose aussitôt à son esprit :

« Tara Duncan ! »

Le seul problème – et il est de taille –, c'est que cette célèbre sortcelière officie non sur AutreMonde mais sur la Terre, la planète des Nonsos, ceux qui sont dépourvus de magie. Et si… Une idée folle lui vient et un scénario de la dernière chance prend forme dans sa tête. Oxanne dévie brusquement sa course et prend la direction du Grand Saule, un arbre géant qui surplombe toute la plaine. La licorne n'a aucun espoir de semer son poursuivant, car AutreMonde possède deux lunes, Tadix et Madix, qui à cette heure de la nuit sont haut dans le ciel et éclairent la prairie comme en plein jour. Elle aperçoit la fine silhouette de l'arbre qui se découpe dans la nuit, ses ramures occultant une partie du ciel étoilé. La licorne croit entendre comme un rire derrière elle. Apparemment, son poursuivant se délecte de cette partie de chasse. Elle joue avec sa proie, mais Oxanne lui réserve une belle surprise ! Le Grand Saule possède une particularité que seules les licornes connaissent…

Oxanne lance ses dernières forces dans cette fin de course, franchit les ultimes mètres et arrive au pied de l'arbre. À cet endroit, une racine géante sort de terre et forme comme une arche de trois mètres de haut. La licorne freine des quatre fers et stoppe sa course juste sous l'arche.

— Direction : la Terre ! Localisation : Rosemond ! crie Oxanne.

Une porte de transfert naturelle ! Voilà ce qu'est le Grand Saule. Sous l'arche, l'air autour de la licorne se charge d'électricité et de magie. Un tourbillon de vent et de lumière, un vortex, avale Oxanne, qui a juste le temps d'entendre, non sans satisfaction, le cri de rage de sa poursuivante voyant sa proie lui échapper de manière aussi inattendue.

Au même moment, à plusieurs années-lumière d'AutreMonde, c'est le petit matin à Rosemond. Le jour se lève à peine dans le parc de la ville lorsque la végétation est soudain agitée par de violentes bourrasques de vent qui semblent surgir de nulle part. Une mini-tornade lumineuse se matérialise près de ce que les habitants de Rosemond appellent le « Banc des Amoureux ». La licorne sort du vortex en titubant. Elle est à bout de force, mais fière d'elle. L'intelligence vient à nouveau de l'emporter sur la violence !

— Par le Paralysus ! lance une voix dans la tornade.

Oxanne a crié victoire trop tôt. Un jet de magie la touche au flanc.

Tandis que la licorne s'effondre, tous ses membres immobilisés, une silhouette élancée munie d'ailes à l'envergure impressionnante sort du passage juste avant que celui-ci se referme.

— Maudite licorne ! Tu pensais que je n'oserais pas te suivre dans le vortex ? C'est mal connaître la Semchanach aux mille victimes ! Rien ne m'arrête !

Serena la Vampyr fait le tour de sa proie en bondissant de joie. Puis elle prend le temps de regarder autour d'elle.

— Par les entrailles débordantes de Bendruc ! Sur quel territoire de chasse cette licorne m'a-t-elle entraînée ?

Elle sort d'une poche un cristal plat de la taille d'un verre de lunette et regarde à travers. À l'intérieur du cristal, toute une série de symboles AutreMondiens se met à défiler en transparence.

— Par le Yéti sans poils ! La Terre ? s'écrie la Vampyr. Rosemond ! Quel beau hasard...

C'est au tour de la licorne de ricaner.

— Moi aussi, je t'ai piégée, Vampyr. Ici, tu ne pourras pas te cacher, les Guetteurs vont tout de suite te repérer parmi les humains. Et ils viendront à mon secours !

La Semchanach s'agenouille auprès de sa victime.

— Vous, les licornes, vous vous croyez toujours plus intelligentes que tout le monde. Sache que, quoi qu'il en soit, il était de toute façon dans mes plans de venir jusqu'ici. Grâce à cette porte de transfert non répertoriée, personne ne sait que je suis sur Terre. Un grand merci à toi ! Et quant aux Guetteurs, je ne les crains pas. Et là aussi, grâce à toi…

Soudain, la Semchanach attrape la corne de l'animal et la tourne d'un coup sec. L'appendice du fabuleux animal commence à se dévisser.

— Voilà ce que je voulais ! Toujours aussi pratiques, ces cornes amovibles, relève la Vampyr avant de la brandir, victorieuse. À moi ton pouvoir si spécial !

La licorne ne peut que pousser un gémissement plaintif. Sans sa corne, Oxanne vient de perdre la parole et elle sent la vie qui commence à s'échapper d'elle.

Son butin en main, la renégate fait les cent pas dans le parc, réfléchissant à voix haute à la suite des opérations.

— Mon plan initial était d'utiliser la corne pour absorber le pouvoir d'un sortcelier puissant sur AutreMonde afin de pouvoir revenir sur Terre, et me venger de Tara Duncan…

Oxanne sursaute en entendant le nom de Tara Duncan. *Qu'ai-je fait ?* réalise avec horreur la licorne. À cause d'elle la célèbre sortcelière est en danger ! La créature s'en veut.

— … mais puisque je suis déjà sur Terre, autant faire d'une pierre deux coups ! Priver Tara Duncan de ses pouvoirs, voilà un excellent début de vengeance ! Et dans un second temps me débarrasser des Guetteurs… et alors je prendrai enfin le contrôle de cette délicieuse planète !

La Vampyr passe sa langue râpeuse sur ses lèvres en pensant à tous ces humains au sang chaud qui ne demandent qu'à être cueillis comme des fruits mûrs et dégustés.

La pauvre licorne, terrassée par la perte de sa corne qui la condamne à une lente agonie et par le sentiment d'avoir failli, regarde, impuissante, la Vampyr déployer ses ailes étranges et s'envoler vers la ville.

La matinée est bien avancée lorsque l'équipe Alpha, le meilleur groupe d'intervention de Guetteurs actuellement en poste sur Terre, entre dans le café la *Sorcière d'Argent*. Le célèbre trio, composé de Tara, Cal et Moineau, s'installe à une table.

— Vous n'avez pas encore petit-déjeuné? s'étonne Johanna, la serveuse, après avoir pris leur commande.

Les trois amis se regardent, gênés.

— Demande à Mlle Tara, dit le garçon aux cheveux noirs coiffés en pétard, en montrant son amie, une jolie blonde qui ne peut s'empêcher de mâchonner l'étrange mèche blanche qui lui pare le visage.

Le dernier membre du trio, une fille toute menue aux longs cheveux bruns ramassés sous une casquette, étouffe un petit rire.

— C'est à cause de ma grand-mère, elle m'a privée de petit déjeuner… finit par avouer Tara.

— Pour quelle raison ? s'étonne la serveuse.

— Un petit accident domestique imprévu et sans importance, répond la jeune sortcelière pour mettre fin à la discussion.

Johanna n'en demande pas plus, prend la commande de chacun et part en cuisine.

— « Un petit accident domestique imprévu et sans importance », hein ? répète Moineau, les yeux malicieux.

— C'est un ectoplasme, commente Cal.

— *Pléonasme* ! corrigent ses deux amies d'une même voix, habituées qu'elles sont aux emplois hasardeux du langage terrien de Cal.

— Tu as manqué mettre le feu à tout le manoir en essayant de te griller des tartines avec ta magie, quand même ! Tu parles d'un petit accident sans importance ! renchérit le garçon.

Tara se défend :

— Grand-Mère n'a qu'à acheter un grille-pain comme tout le monde au lieu de vouloir tout le temps que j'utilise ma magie pour des broutilles ! Moi, le matin, quand je ne suis pas réveillée au-dessus de mon bol de chocolat, je ne réponds de rien quant à ces fichus pouvoirs.

— Ta grand-mère le fait pour ton bien, se permet de préciser Moineau d'une voix douce, elle veut que tu t'entraînes davantage, que la magie devienne comme une seconde nature pour toi.

— Je sais bien, finit par dire Tara dans un souffle. Mais parfois j'aimerais vraiment ne pas avoir à gérer ces pouvoirs magiques qui m'enquiquinent le plus souvent la vie !

— Vivre sans magie ? Quelle horreur ! s'écrie Cal, qui, comme Moineau, est né et a grandi sur AutreMonde et ne peut concevoir une existence sans aucun pouvoir magique.

Tara ne répond rien. Son regard est alors attiré par une sorte de machine installée dans l'arrière-salle qui fait office de salle de jeux.

Elle bondit de la table alors que Johanna arrive avec leur commande.

— Vous avez un nouveau jeu ! s'écrie Tara. Celui des *Envahisseurs de l'espace*, où l'avez-vous trouvé ? C'est une pièce de collection ! Déjà quand j'étais toute petite, c'était une antiquité !

Elle se tourne vers ses deux amis.

— Vous vous rendez compte ? C'est l'ancêtre du jeu vidéo, le premier auquel j'ai joué.

Les deux jeunes sortceliers rejoignent leur amie.

— En quoi ça consiste ? demandent-ils, peu convaincus de l'intérêt de ce gros bloc en métal pourvu d'un écran si grossier.

— C'est un jeu… Il faut empêcher les extraterrestres d'atteindre le bas de l'écran et…

Devant la tête circonspecte de ses amis AutreMondiens, Tara comprend que c'est peine perdue de leur expliquer l'intérêt de ce jeu vidéo.

— Vous devriez quand même essayer de jouer une partie. Une fois que l'on commence, on ne peut plus s'arrêter. C'est complètement addictif !

Addictif ! Voilà un mot qui n'est pas tombé dans l'oreille d'une sourde. À l'extérieur, la voix de Tara a porté jusqu'à Serena la Vampyr, qui, connaissant les habitudes de ses ennemis, a su les retrouver facilement dans la ville.

— Chère équipe Alpha, comme on se retrouve… persifle la Semchanach, qui n'a pas oublié à qui elle doit ses derniers séjours dans les cachots d'AutreMonde. Cette ridicule invention terrienne est justement ce qu'il me faut pour vous séparer les uns des autres. Cette fois-ci, je réussirai à t'isoler de tes amis, Tara Duncan. Par l'Addictus !

Une lumière blanche jaillit de ses mains, traverse la grande fenêtre et frappe le vieux jeu vidéo, éblouissant l'équipe Alpha pendant quelques secondes.

— Qu'est-ce que c'était ? Tout le monde va bien ? demande Tara.

— Qui a osé nous envoyer un sort ? gronde Cal en regardant tout autour de lui.

Moineau active le cristal qu'elle porte au poignet comme une montre. Tous les Guetteurs sont dotés de ce terminal de communication cumulant nombre de fonctions bien utiles pour les agents en mission. Elle l'utilise pour scanner ses deux amis ainsi qu'elle-même.

— Aucun impact magique sur chacun d'entre nous. Le sort nous a manqués, pas d'inquiétude à avoir, croit pouvoir affirmer Moineau.

La jeune sortcelière se trompe lourdement. Le collier que porte Tara autour du cou se met soudain à s'agiter dans tous les sens avant de s'arracher de lui-même de sa propriétaire et de passer à travers un carreau de la fenêtre dans un bruit de verre. Il s'agit de son familier, un magnifique Pégase du nom de Galant, qui, afin de ne pas attirer l'attention, conserve le plus souvent cette forme discrète de collier. Il n'en reste pas moins continuellement aux aguets, prêt à aider sa jeune maîtresse au moindre danger.

— Galant a repéré notre agresseur ! s'écrie Tara en sortant du café juste à temps pour voir son collier se transformer en Pégase et prendre en chasse une curieuse silhouette ailée disparaissant derrière les toits et les nuages.

— Par le Reparus ! incante Moineau en direction de la fenêtre.

Les éclats de verre tombés au sol se rassemblent et reforment le carreau cassé juste avant le retour de la serveuse.

— Que se passe-t-il ? demande Johanna. J'ai entendu un bruit…

Cal met un certain temps avant de lui répondre. Son regard est rivé sur le jeu vidéo. Lui qui n'a jamais joué à une telle invention Nonsos sent tout à coup une envie irrépressible de faire une partie. Il secoue la tête pour s'arracher à l'attraction grandissante qu'exerce la machine ensorcelée par Serena.

— Un bruit ? Quel bruit ? Tu as dû rêver... Bon, nous n'avons plus faim en fait, dit Cal en jetant un billet sur la table avant de suivre Moineau et Tara.

— Ils sont vraiment bizarres, ces trois-là ! se dit Johanna en les regardant courir dans la rue, les yeux vers le ciel.

Elle ramasse le petit déjeuner intact. En repartant vers la cuisine, elle passe devant le vieux jeu vidéo. Elle ne remarque pas que les petites soucoupes volantes qu'il faut habituellement détruire ont été remplacées par des chauves-souris au sourire ricanant...

Chapitre 2

Compte à rebours !

L'homme traîne des pieds. Il est rentré de voyage dans la nuit mais n'a pas réussi à trouver le sommeil. Il aperçoit un banc inoccupé et s'affale dessus. Henri de Lachasse n'a pas le moral. Sa dernière expédition au loch Ness, en Écosse, s'est soldée comme toutes les autres, depuis vingt ans par un échec. Aucune capture de monstre, ni même la moindre trace de son existence. Le chasseur sait qu'il va être à nouveau la risée de la presse et de la population de Rosemond en général. Lui qui se dit « cryptozoologue », c'est-à-dire chasseur et collectionneur d'animaux fabuleux et légendaires, n'a toujours pas réussi à trouver la moindre preuve que ces différents types de spécimens existent bel et bien. S'il n'y avait pas cette Tara Duncan et ses deux amis qui se mettent systématiquement en travers de son chemin chaque fois qu'il est sur une piste, il aurait prouvé depuis longtemps au monde entier que sa quête est légitime. Et, surtout, il posséderait des millions ! Quand est-ce que la chance va enfin se décider à tourner en sa faveur ?

Non loin de là, dissimulée dans les fourrés, Oxanne la licorne sent ses forces quitter peu à peu son corps, mais elle ne peut se résoudre à voir son existence se terminer ainsi sur cette planète étrangère, si loin de son troupeau. Il lui reste tant à découvrir et à échanger sur les mystères de l'Univers ! Elle a une pensée émue pour son cercle de réflexion métaphysique, qui doit se réunir d'ici à quelques jours. L'idée qu'elle ne puisse pas participer aux débats lui est totalement insupportable. Puisqu'elle ne peut ni parler ni hennir, elle se concentre sur des appels à l'aide qu'elle envoie par ondes télépathiques. Mais quelle chance a-t-elle qu'une créature magique les capte ici, si loin d'AutreMonde ? Aucune, Oxanne en est persuadée. Elle s'apprête à renoncer lorsqu'elle sent une présence qui s'approche. Les ondes mentales qu'elle reçoit semblent assez rudimentaires, certainement une créature d'une intelligence bien inférieure à elle, mais Oxanne ne peut pas se permettre de faire la difficile. Elle reprend espoir et intensifie ses appels au secours.

Sur son banc, Lachasse en est à se lamenter sur son existence lorsqu'il entend et voit un animal non identifié passer au-dessus de lui. Il écarquille les yeux et ce qu'il découvre est un véritable choc : un immense cheval ailé plane au-dessus du parc, comme s'il cherchait quelque chose.

Ses réflexes de chasseur poussent l'homme à se cacher derrière le banc. Il tâte les poches de sa veste à la recherche de son appareil photo avant de se souvenir qu'il l'a fait tomber deux jours plus tôt dans l'eau sombre du loch Ness. Henri a envie de se donner des gifles.

À l'entrée du parc, Tara reprend son souffle. Elle est rejointe par Moineau.

— Tu sais qui nous a attaqués à la *Sorcière d'Argent*? demande Moineau, essoufflée elle aussi.

— J'ai cru apercevoir une sorte de Harpie, dit Tara. Mais Galant vient juste d'abandonner la poursuite. Son attention a été attirée par quelque chose dans le parc…

— Quelque chose de plus important qu'une Harpie ? s'étonne Moineau.
— Mille Krakens ! s'écrie alors Tara en montrant le 4 x 4 jaune garé à l'entrée du parc, un véhicule que l'équipe Alpha a croisé plus d'une fois au cours de missions précédentes.
— Henri de Lachasse ! s'écrie Moineau, qui déteste particulièrement le collectionneur.
— Au même endroit que Galant ?! Pas bon du tout ! peste Tara.

Les deux Guetteurs s'élancent dans le parc. Dans sa course, Tara se connecte mentalement à son familier. Dès que Galant apprend la présence du chasseur, il se retransforme en collier et s'accroche à une branche en attendant sa maîtresse.

De sa cachette, Lachasse aperçoit les deux filles qui courent à travers les bois en direction du Banc des Amoureux.
— Tiens, tiens… comme par hasard, grommelle Lachasse, il faut toujours que ceux-là

rappliquent quand ça devient intéressant. Cette fois-ci je ne me laisserai pas faire !

Un cri alerte Tara. Moineau vient de tomber en heurtant quelque chose… ou plutôt quelqu'un.

La jeune fille contemple, abasourdie, le corps de la licorne qui respire faiblement. Soudain, une ombre surgit d'un buisson en criant, faisant sursauter tout le monde.

— Ouh ! Je suis l'affreux Semchanach du parc de Rosemond !

— Cal ! s'emporte Moineau en reconnaissant leur ami, toujours prêt à leur jouer des tours. Ce n'est pas le moment !

La jeune fille se tourne vers Tara, qui revient sur ses pas avec Galant sous forme de collier.

— Tara ! C'est une licorne !

Tara ? Tara Duncan ? À l'évocation du nom de la sortcelière dont elle était venue chercher la protection, l'animal s'agite.

— Du calme, ma belle, du calme… dit Moineau d'une voix qu'elle essaie de faire le plus rassurante possible, mais les yeux de la jeune fille sont pleins de larmes.

Tara et Cal remarquent à leur tour que la corne de l'animal a disparu.

— Priver une licorne de sa corne, c'est la condamner… murmure Cal, aussi catastrophé que Moineau. Si je tenais la raclure de mouche à Brrraaa qui a osé… Grrrr ! Vous pensez qu'il s'agit d'Henri de Lachasse ?

— La coïncidence est troublante, reconnaît Moineau, mais seul un habitant d'AutreMonde peut savoir comment ôter une corne sans la briser. Je penche plutôt pour la présence d'un Semchanach à Rosemond.

— Voilà ce qui a détourné Galant de sa poursuite, conclut Tara. Il a senti la détresse de la créature et nous a menés jusqu'à elle.

Tara flatte l'encolure du Pégase qui a quitté sa forme de collier pour venir frotter ses naseaux contre le front de la licorne pour marquer sa solidarité. Il semble très affecté par ce qui arrive à la licorne et aimerait pouvoir l'aider. Il est très troublé aussi par sa beauté.

Oxanne a un geste de recul. De quel droit ce canasson se permet-il de telles familiarités ! Bas les sabots ! Ce n'est pas parce qu'elle est diminuée que ce stupide animal doit profiter de la situation. Le message qu'elle lui envoie par ondes mentales est tout à fait clair sur ce point. Le Pégase fait un pas en arrière, peiné de la réaction de la jolie licorne, puis il envoie un message télépathique à Tara.

— Tu as raison, Galant, reconnaît Tara. Il ne faut pas traîner ici, surtout si Lachasse et un Semchanach rôdent dans les parages…

Oxanne est surprise. Ce Pégase semble posséder une once d'intelligence, après tout. Elle a peut-être été un peu dure avec lui. Et puis c'est quand même grâce à lui que les sortceliers sont venus à son secours.

— Allons à l'animalerie, propose Moineau. J'y possède quelques onguents d'AutreMonde qui pourraient la soulager un peu…

— Par le Transmitus ! enchaîne Tara, dont le jet bleu englobe tout le monde.

Cal et Moineau ne peuvent s'empêcher de fermer les yeux, redoutant l'endroit où va les emmener la magie incontrôlable et aléatoire de leur amie.

Leur disparition est effectivement un peu brutale et provoque une détonation suivie d'une onde de choc suffisante pour projeter Henri de Lachasse, qui approchait pour mieux entendre et voir ce qui se tramait autour de ces trois-là, dans un rosier.

— Argh ! s'écrie le chasseur sous la piqûre des ronces. Vous ne perdez rien pour attendre ! Je sais où vous retrouver !

C'est rare, mais l'appréhension de Cal et Moineau quant à la réussite du sort de

transport de leur amie est sans fondement. Tout le monde, licorne et Pégase compris, réapparaît sans encombre au milieu de l'animalerie déserte où Moineau travaille lorsqu'elle n'est pas en mission pour AutreMonde.

Pour une fois, toutes les autres bêtes présentes dans l'animalerie gardent leur calme. Une solidarité purement animale se joue immédiatement. Tous ont senti l'odeur de la mort qui rôde et compris que la licorne vivait un moment fatidique. Même l'insupportable cacatoès, toujours si prompt à répéter des injures terriennes et AutreMondiennes, garde un silence total et respectueux. Après avoir appliqué une pommade sur la base de la corne, Moineau a vite fait de diagnostiquer grâce à son cristal un Paralysus qu'elle annule. La licorne n'en reste pas moins trop faible pour pouvoir même se redresser. Moineau l'ausculte avec précaution.

— Combien de temps peut-elle survivre sans sa corne ? demande Cal.
— Selon mon cristal, répond Moineau, environ une heure, deux au maximum.
— Pourquoi personne ne nous a prévenus de l'arrivée d'une licorne sur Terre ? s'étonne Tara. Nous l'aurions protégée !
— Parce que nous l'ignorions ! tonne une grosse voix.

Un tourbillon de lumière dorée apparaît au centre de la pièce et laisse place à un dragon aux écailles bleu et argent. Maître Chemnashaovirodaintrachivu – « Chem » pour les intimes ainsi que pour tous ceux ayant du mal à prononcer son nom sans donner l'impression d'éternuer, c'est-à-dire à peu près tout le monde – est le chef des Guetteurs sur Terre en plus d'être un des Hauts Mages les plus influents sur AutreMonde.

— Cette licorne a emprunté une porte de transfert dont nous ignorions même l'existence,

explique le dragon. Le temps que nos détecteurs la repèrent, le vortex s'était déjà refermé. Néanmoins, nous avons pu relever qu'elle n'était pas seule à avoir emprunté ce passage. Nous avons la conviction que quelqu'un la poursuivait et l'absence de sa corne confirme nos craintes.

Le dragon s'arrête subitement de parler et approche son long cou de la licorne, qui tend sa tête vers lui. Les deux créatures restent un moment ainsi, le temps d'un échange d'ondes mentales, puis Chem se tourne vers ses Guetteurs.

— Je vous présente Dame Oxanne. Il ne s'agit pas d'une simple licorne mais d'une Mentaliste. Elle est une des descendantes de ces licornes qui, il y a très longtemps, ont ingéré l'herbe de connaissance du Mentalir.

— Les Mentalistes sont doués de raison, leur savoir est immense, ainsi que leurs capacités de raisonnement, explique Moineau. Elles vouent leur existence aux mathématiques et à la philosophie pour percer les secrets de l'univers.

— Pourquoi est-elle venue se réfugier à Rosemond ? s'étonne Tara.

— Elle a pensé à toi, Tara, répond le dragon. Elle devait chercher ta protection. Ta réputation est grande sur AutreMonde, ne l'oublie pas ! Les Semchanach que vous capturez font régulièrement la une des journaux d'information AutreMondiens.

— Moi aussi, je suis devenu une star, alors ? s'enthousiasme Cal. Il serait peut-être intéressant que je rentre de temps en temps récolter les fruits de ma célébrité.

— Oxanne vient de me révéler l'identité de son assaillante, continue Maître Chem, nous avons affaire à une vieille connaissance : Serena la Vampyr. Elle s'est échappée de sa prison sur AutreMonde il y a quelques jours en volant les ailes d'une Harpie. Elle n'aura pas tardé avant

de revenir sur Terre pour se venger.
— Serena ! dit Tara en serrant les poings. C'était donc elle, l'horrible bestiole que Galant pourchassait dans le ciel. Il n'y a qu'une cinglée comme elle pour oser s'en prendre à une licorne !
— Justement, relève Cal, dans quel but a-t-elle volé cette corne ?
— Bonne question, jeune sortcelier. Il faut que vous sachiez que la corne d'une licorne a la particularité d'être un capteur d'énergie…
— … et d'avaler et d'emmagasiner les pouvoirs d'un sortcelier contre son gré, continue Moineau.
— Exactement, ajoute Maître Chem, fier de voir sa meilleure équipe aussi perspicace et savante. Voilà pourquoi vous devez faire très attention dans votre chasse à la Serena. Ne l'affrontez pas seul à seule ; car elle pourrait utiliser la corne contre vous ; restez ensemble et vous la mettrez hors d'état de nuire comme

par le passé. Je compte sur vous, équipe Alpha ! Vous avez deux heures, à peine, pour sauver Oxanne.

Un nouveau tourbillon emporte le dragon.

— Ben mince, dit Cal, nous voilà encore en mission ! Moi qui me faisais une joie d'aller essayer le nouveau jeu vidéo de la *Sorcière d'Argent*...

— Comment peux-tu penser à jouer dans une situation pareille ! s'écrie Tara. Il n'y a pas une minute à perdre, ajoute-t-elle en connectant son cristal. J'imagine qu'en bonne Semchanach elle doit brouiller son signal pour ne pas être repérée. En revanche, la nuée de chauves-souris qui l'accompagne chaque fois est facilement repérable. Il suffit donc de demander au cristal de relever les endroits à forte concentration de chauves-souris. Bingo ! Il y en a trois : la Vieille Place, derrière la *Sorcière d'Argent*, et la tour de l'Ascenseur urbain ; tous les trois sont dans la vieille ville.

C'est alors que, au moment de sortir, la porte de l'animalerie s'ouvre d'un coup, laissant entrer Henri de Lachasse.

Chapitre 3

Henri pot de colle !

— Excusez-moi, dit Lachasse sur le ton de celui qui ne cherche pas à être excusé de quoi que ce soit, on ne vous aurait pas avertis de la présence d'animaux bizarres dans le parc ce matin ?

Lachasse a sorti la première chose qui lui passait par la tête; il lui fallait un prétexte pour pénétrer dans l'animalerie, car il a remarqué des mouvements suspects dans le fond de la boutique ; mais dès son entrée les trois jeunes se sont interposés devant lui comme pour lui boucher la vue. Il a beau se tordre le cou dans tous les sens, ils ne le laissent rien voir.

— Nous n'avons entendu parler de rien, et d'ailleurs l'animalerie est fermée, monsieur, alors au revoir! dit Moineau d'une voix cassante.

— Adieu, même! ajoute Cal en poussant l'intrus dehors avant de claquer la porte malgré ses protestations.

Cal s'active à baisser tous les stores du magasin pour empêcher le collectionneur de regarder à l'intérieur.

— Bon, changement de plan, soupire Tara, nous ne pouvons pas laisser la licorne ici sans protection avec ce type qui rôde.

— Je ne vois qu'un seul endroit où elle sera en sécurité : le Manoir, ajoute Cal.

— Par le Transmitus, incante Tara.

L'équipe Alpha, la licorne et le Pégase disparaissent aussitôt.

Mais si Oxanne et Galant réapparaissent effectivement sur la pelouse devant le perron du Manoir, il n'en est pas de même pour les trois sortceliers, qui se matérialisent sur le toit dans des positions très inconfortables, particulièrement pour Moineau, qui se retrouve accrochée à la gouttière.

— Je me disais aussi, s'écrie Cal, sarcastique, deux sorts de transport à la suite sans acrobatie à l'arrivée, c'était trop demander !

— Juste une petite erreur de trajectoire, se défend Tara, nous sommes effectivement un peu haut, j'avoue…

— C'est le moins qu'on puisse dire ! grommelle Moineau en essayant de se hisser sur le toit.

— Le principal, c'est que Galant et la licorne soient arrivés à bon port, dit Tara en montrant du doigt le perron.
— Quel port ? s'étonne Cal. Ils ne sont pas au port, ils sont dans le jardin !

Tara lève les yeux au ciel.

— C'est une expression pour dire qu'ils sont bien arrivés, Cal, ne prend pas tout au pied de la lettre…
— Le pied de qui ? demande le jeune sortcelier, comprenant de moins en moins.
— Laisse tomber… soupire Tara.
— C'est exactement ce que je vais faire, moi ! crie Moineau, lâchant la gouttière. On se retrouve dans la vieille ville. Par le Transmitus !

La jeune sortcelière disparaît avant d'avoir touché le sol. Cal essaie de protester, mais en vain ; Tara incante un nouveau sort de transport qui les fait disparaître également tous les deux.

Moineau réapparaît dans une ruelle déserte du vieux quartier de Rosemond. Voyant que ses amis n'ont pas suivi, elle jette un œil dans la rue principale. Un mini-attroupement de passants autour d'un arbre lui fait comprendre que Tara et son pouvoir incontrôlable ont encore frappé ! Elle entend ses deux amis qui se disputent, chacun accroché à une branche d'arbre.

— Et là, nous sommes arrivés à bon port, peut-être ?! râle Cal.

— Je suis désolée, chaque fois je suis trop haut avec les Transmitus…

— Je ne comprends pas, murmure une jeune passante à son fiancé. Il y a eu comme un éclair et ces deux jeunes sont apparus d'un coup…

— Par le Mintus ! dit Tara.

Sa magie se dirige discrètement autour de la tête des deux derniers spectateurs qui oublient aussitôt ce à quoi ils ont assisté et continuent leur chemin.

Cal saute prestement de l'arbre tandis que Tara s'écroule lamentablement au sol.

— Vous comprenez pourquoi je n'arrête pas de répéter que j'aimerais ne plus avoir de pouvoirs et être une fille comme les autres ?!

Moineau décide de précipiter un peu les choses.

— Il ne nous reste plus qu'une heure et demie pour retrouver Serena ! Je sais que Maître Chem nous l'a déconseillé, mais je crains que nous n'ayons plus le choix : il faut nous séparer, nous aurons ainsi trois fois plus de chances de la trouver.

— Excellente idée ! clament en chœur ses deux amis.

— Dans ce cas, ajoute Tara, Moineau, tu te charges de la Vieille Place. Cal, la ruelle derrière la *Sorcière d'Argent* est pour toi. Moi, je file à l'Ascenseur urbain. On garde le contact *via* nos cristaux.

Les trois amis se séparent.

Pendant ce temps, Henri de Lachasse n'est pas resté inactif. Il s'est rendu au Manoir Duncan et, à califourchon sur le mur d'enceinte, il scrute la propriété à l'aide de ses jumelles. Il a vite fait de repérer Galant. Le cheval ailé semble tenir compagnie à un autre équidé, plus petit et dont la tête porte comme une base pour une corne manquante…

— Par le Dahu ! s'écrie Lachasse. Je crois bien avoir devant moi un Pégase et une licorne ! C'est mon jour de chance, on dirait ! Un Pégase et une licorne ! Elle semble avoir perdu sa corne, mais tant que la base est authentique, je pourrai toujours en fabriquer une fausse ! On n'y verra que du feu, et moi je vais être riche !

Porté par son enthousiasme, l'homme saute le mur. Grossière erreur ! Car ce Manoir n'est pas une bâtisse comme les autres ; il est vivant, doué de conscience et surtout de magie. À peine Henri a-t-il fait un pas dans la propriété que le Manoir Vivant le repère.

Un jet d'eau à pleine puissance l'accueille, avant que des lianes sortent de terre pour se saisir de cet intrus immédiatement rejeté à l'extérieur de l'enceinte et qui atterrit dans les conteneurs de poubelles.

— Je n'ai jamais vu un système de sécurité pareil ! Mais je n'ai pas dit mon dernier mot.

Il s'extrait des poubelles et se dirige d'un pas rageur vers son 4 x 4, où se trouve tout son matériel. Il est bien décidé à revenir à la charge.

Une des particularités architecturales notables de Rosemond est cette plate-forme aérienne tenant à la fois de l'ascenseur et du téléphérique, qui relie deux immenses tours, une en périphérie de la ville, l'autre en son centre historique. Prendre l'ascenseur puis la navette reliant ces deux tours est le passage obligé pour tous les touristes visitant la ville, car la vue sur la baie et la vieille ville y est magnifique. Tara remonte la rue qui mène à la

tour du centre-ville lorsqu'une chauve-souris surgit de nulle part et se met à tourner autour de son visage avant de repartir.

— Sale bête ! Attends un peu pour voir ! Je ne vais pas te lâcher, guide-moi jusqu'à ta maîtresse.

Tara poursuit le volatile jusqu'au pied de la tour, qui est désert, l'ascenseur n'étant ouvert au public que l'après-midi. La chauve-souris se réfugie tout en haut de la tour et Tara hésite à y entrer par effraction. Contre toute attente, c'est la chauve-souris qui redescend vers elle, mais en piqué… accompagnée d'une vingtaine de ses congénères. La nuée entoure Tara, qui se débat comme elle peut pour les chasser tout en protégeant ses cheveux. Lorsque le nuage de chauves-souris se dissipe, Tara se retrouve face à Serena.

— Toi ? s'écrie Tara. Après ce que tu as fait à cette pauvre licorne, tu vas regretter de ne pas mieux te cacher !

— Comment oses-tu me parler sur ce ton ? Oublies-tu à qui tu t'adresses, méprisable humaine ? Je suis la célèbre et redoutable Semchanach aux mille victimes !

— Mille victimes ?! répète Tara, qui adore provoquer ce genre d'individu. Parce que tu sais compter jusqu'à mille, toi ?!

La Semchanach marque une pause, le temps d'une courte réflexion.

— J'avoue, finit-elle par dire, il a fallu que j'arrondisse un peu et surtout que je me laisse une marge de progression. « Mille », c'est plus un objectif, en fait. Sinon, il faut actualiser à chaque crime et ça oblige à refaire toutes les cartes de visite, ça coûte une fortune… Bref, où en étions-nous ?

Les mains de Tara s'enflamment d'une magie bleue. Étrangement, la Vampyr face à elle ne cherche ni à fuir ni à se protéger.

— Première et dernière sommation, Semchanach ! Rends-moi la corne !

— Tu crois vraiment que je garderais quelque chose d'aussi précieux sur moi ?

Tara n'est pas d'humeur à jouer aux devinettes. L'important, c'est d'attraper la Vampyr. Maître Chem a de toute façon de nombreuses potions pour faire avouer n'importe quelle vérité à n'importe quel individu.

— Par l'Assommus !

La magie fuse des mains de Tara, mais Serena brandit la corne offensif qui avale le jet. Tara réalise être tombée dans un piège, mais il est trop tard : dès que la magie est entrée en contact avec la corne, la jeune sortcelière a perdu tout contrôle. C'est comme si sa magie ne voulait plus s'arrêter de se déverser à l'extérieur d'elle… comme si la corne était en train d'aspirer jusqu'à la moindre goutte de ses pouvoirs.

La Vampyr n'a qu'un simple geste à faire et la trappe servant à l'entretien de l'ascenseur s'ouvre sous les pieds de la sortcelière.

Le vide aspire Tara, qui plonge dans un trou noir, accompagnée du rire dément de la Semchanach. Une fois la trappe refermée, Serena s'envole pour se poser tout en haut de la tour. Elle sort son cristal et regarde à travers.

— Voyons où sont les deux autres... Je tiens à m'assurer que personne ne viendra me déranger lorsque je lancerai mon attaque sur cette ville...

Chapitre 4

Addiction

— Allez, oust ! Dégagez, sales bêtes !

Cal chasse les dernières chauves-souris en claquant des mains. Le jeune sortcelier se fait une raison : pas la moindre Semchanach dans les parages. Il sort de la ruelle et son regard est attiré à travers la grande fenêtre de la *Sorcière d'Argent* par l'étrange machine à laquelle Tara jouait en début de matinée. Il regarde son cristal ; ses amies ne l'ont pas encore appelé, il a peut-être le temps d'essayer ce jeu Nonsos auquel il n'arrête pas de penser depuis tout à l'heure. Il entre, passe dans la salle de jeux et s'installe devant le pupitre électronique. Il ne lui faut pas longtemps pour comprendre comment cela fonctionne ; les gadgets, c'est bien son rayon !

Lorsqu'il se saisit de la manette pour la première fois, il sent comme une chaleur étrange qui s'empare de lui, mais il n'y fait pas attention et commence à jouer frénétiquement. Le cristal sonne à son poignet, mais Cal l'ignore : il est sous l'emprise du sort d'addiction lancé par Serena.

Moineau, de son côté, a terminé son inspection de la Vieille Place et revient vers la

Sorcière d'Argent. Elle s'étonne que Cal ne réponde pas à son appel, lorsque son regard est attiré par un drôle de spectacle à l'intérieur de la salle de jeux : Cal est en train de jouer au fameux jeu Nonsos ! La jeune fille voit rouge et entre en trombe dans le café pour dire à Cal ce qu'elle pense de son attitude alors qu'ils sont en pleine mission et que la vie d'une licorne est en péril. À peine Moineau a-t-elle mis le pied à l'intérieur de la salle de jeux déserte qu'elle ressent elle aussi une furieuse envie de jouer. C'est plus fort qu'elle, elle se précipite devant la console et bouscule son ami pour prendre sa place et se met à tirer à toute vitesse sur les chauves-souris à l'écran. Elle aussi a succombé au sort d'addiction de Serena.

— Hé ! s'écrie le garçon. C'est mon jeu ! J'étais là avant toi.

Il attrape Moineau par les épaules et la pousse pour reprendre la manette. Commence

alors une lutte entre les deux amis, chacun succédant à l'autre dans une folie incontrôlée pour pouvoir ne serait-ce que tirer une ou deux fois sur les cibles qui apparaissent à l'écran.

À l'extérieur, le spectacle ravit la renégate.

— Avec Tara neutralisée et enfermée dans sa cave, et ces deux-là se disputant sous mon Addictus, j'ai maintenant le champ libre pour utiliser les pouvoirs contenus dans la corne. Adieu, la fameuse équipe Alpha, la prochaine fois que nous nous reverrons, vous serez mes esclaves… ou mon repas !

Elle déploie ses ailes et s'envole.

Plus que l'humidité et le froid, c'est surtout l'odeur qui fait sortir Tara de son état semi-comateux. La jeune fille met un temps avant de se souvenir de ce qu'elle fait à plat ventre dans une mare de boue malodorante au fin fond d'une sorte de puits. Elle aperçoit loin au-dessus de sa tête la trappe maintenant refermée. Il s'agit certainement d'une ancienne cage d'ascenseur de secours aujourd'hui désaffectée.

— Serena ! Maudite fiente de dragon ! Tu vas me payer ça ! Par le Levitus !

Tara tend ses mains au-dessus de sa tête comme le veut l'incantation de ce sort.

C'est alors qu'elle prend conscience d'un profond vide en elle. Tara se sent… normale ! Sa magie a disparu !

Tara réalise alors les conséquences de sa bêtise. Elle est là, coincée au fond d'un trou alors qu'il ne reste que très peu de temps à vivre à Oxanne. Maître Chem l'avait pourtant prévenue : ne pas se séparer ! Faire attention aux pouvoirs de la corne !

Certes, elle n'a plus de magie, mais elle possède toujours ses deux bras et ses deux jambes. La jeune fille se lance dans l'escalade de la paroi boueuse qui mène jusqu'à la trappe. Elle utilise les câbles qui pendent dans tous les sens et reprend espoir en s'apercevant que l'un d'entre eux va jusqu'en haut. Mettant en pratique ses cours de gymnastique du lycée de Rosemond High, Tara entreprend l'ascension de ce câble lorsque soudain celui-ci se met à tanguer. Une chauve-souris de Serena a entrepris de grignoter le haut du filin. Tara ne peut rien faire pour se retenir et tombe en arrière. La boue amortit sa chute. Elle se met à trépigner de rage puis essaie de reprendre le contrôle d'elle-même. La situation est grave ! Il lui faut de l'aide ! Elle cherche à utiliser son cristal, mais, sans magie, il demeure complètement inerte. Il ne lui reste plus qu'une solution : son familier Galant !

Les familiers sont reliés par ondes cérébrales à leurs maîtres. Même sans magie, la connexion reste possible, elle est juste plus difficile à établir. La jeune fille fait le calme en elle, puis elle mobilise toutes ses forces pour se concentrer et formule son message.

Dans le parc du Manoir Duncan, Galant tient compagnie à la jolie Oxanne. Si au début celle-ci le rejetait, maintenant elle n'en a même plus la force. S'il n'avait pas été là pour la stimuler sans cesse, elle aurait abandonné depuis longtemps, plongeant dans le coma qui précède la mort. Galant est inquiet. Pourvu que sa maîtresse retrouve au plus vite la corne…

Le Pégase pousse un hennissement surpris. Il a entendu comme une petite musique dans sa tête, mais elle a vite disparu. Le fidèle compagnon de Tara se concentre. Il ne s'agit pas d'une musique, mais de la voix de sa maîtresse. Le message est là, très faible. Ses pensées le capturent enfin.

« Galant ? Il faut que tu ailles prévenir Cal et Moineau. Je suis prisonnière, sous la tour du centre-ville ! »

Le sang du Pégase ne fait qu'un tour ! Tara est en danger ! Il veut s'élancer à son secours

lorsqu'un lasso est lancé d'un fourré et s'enroule autour d'une de ses jambes. Henri de Lachasse a su mettre chaque minute à profit. Après avoir neutralisé les caméras de la propriété à l'aide d'une bombe aérosol spéciale et rendu le Manoir aveugle, il a réussi à approcher les animaux.

— Ah, ah ! s'écrie Henri de Lachasse ! Je te tiens !

Galant réagit au quart de tour et se cabre, envoyant le collectionneur à la renverse, mais le Pégase trébuche, il sent sa jambe qui devient toute molle tandis qu'une partie de ses forces le quittent.

— Voici un petit cadeau que j'ai volé chez les Indiens Faydodo d'Amazonie ! La corde est enduite d'une huile spéciale qui endort les muscles !

Lachasse envoie de sa main gantée l'autre extrémité de la corde autour du cou de la Licorne, qui n'avait déjà que peu de forces pour résister.

Le collectionneur n'a plus qu'à tirer sur la corde pour sortir les deux fabuleux animaux de la propriété Duncan. Le Manoir envoie un message de détresse à Tara, mais celui-ci lui revient : correspondant indisponible ! Il essaie à nouveau à l'attention de Cal et de Moineau. Mais là encore, personne ne lui répond !

Et pour cause ! À la *Sorcière d'Argent*, Cal et Moineau en sont venus aux mains et luttent l'un contre l'autre pour pouvoir utiliser le jeu vidéo. Cal prend le dessus et envoie Moineau à terre. C'en est trop pour la descendante de la Belle et la Bête qui aussitôt se transforme en une créature de trois mètres de haut, toute poilue et pourvue de cornes et de dents qui feraient fuir n'importe qui.

Malgré l'Addictus, un réflexe de survie pour échapper au coup de patte de Moineau fait lâcher la manette de jeu à Cal. La Bête s'en empare avec une force telle qu'elle l'arrache et brise l'écran du jeu. Le léger halo blanc qui entourait la machine s'évapore aussitôt et avec lui le sort d'addiction de Serena. Cal et Moineau se frottent les yeux comme s'ils se réveillaient d'un mauvais rêve. Ils entendent alors des signaux sonores qui retentissent dans leurs cristaux respectifs et prennent connaissance des messages d'alerte du Manoir. Moineau redevient humaine. Cal serre les poings de colère.

— Le cristal de Tara n'est plus connecté et nous étions sous l'emprise de ce jeu débile, voilà qui est signé Serena la Vampyr !

— Ce n'est pas vrai ! Elle a dû ensorceler cette machine à l'aide d'un Addictus, et sans ma Nature Double nous serions encore en train de jouer et de nous disputer la manette. Occupons-nous d'abord de Tara, puis nous irons délivrer Galant et Oxanne.

— La dernière position connue de Tara, dit Cal en consultant son cristal, c'est l'Ascenseur urbain du centre-ville. Démarrons par là !

Dans son trou, Tara commence à trouver le temps long.

— Moi qui voulais être une fille normale, voilà que mon vœu est exaucé au moment où je n'ai jamais eu autant besoin de mes pouvoirs ! Pauvre Oxanne, si elle meurt, ce sera ma faute…

Tara pousse un cri qui tient plus de la rage que de l'appel à l'aide. Pour toute réponse, une pierre tombe à ses pieds, l'éclaboussant à nouveau entièrement de boue. Elle va pour tendre le poing et insulter la chauve-souris lorsqu'elle réalise que l'extrémité d'une petite corde très fine est accrochée à la pierre. Ce filin argenté est la signature d'un Voleur Patenté. Elle lève la tête et aperçoit effectivement, trente mètres plus haut, la trappe ouverte et, de chaque côté, les visages inquiets de Cal et Moineau.

— Ben alors, ma vieille ? lui crie Cal, le propriétaire de la corde magique. On fait de la spipidologie ?

— *Spéléologie* ! crie Tara, qui n'a jamais été aussi contente d'entendre son ami déformer la langue des Nonsos.
— Accroche-toi à ma corde, je te remonte ! lui répond Cal en commençant à tirer sur le filin, qui a la particularité d'annuler le poids de ceux qui s'y accrochent.

Il ne faut que quelques secondes à Tara pour refaire enfin surface et apprécier la caresse du soleil sur son visage.
— Et voilà ! dit Cal en lui tendant la main pour la hisser. Aussi légère qu'une prune !
— Tu veux dire une *plume*, j'imagine, le reprend Tara.

Elle veut sauter au cou de ses sauveurs, mais ces derniers ont un geste de recul dégoûté. Tara réalise être couverte de boue de la tête aux pieds.
— Tara ? remarque Moineau en riant. Je crains que prendre un bain de boue tout habillée ne soit d'aucun bénéfice pour un soin de peau.

— Très drôle ! bougonne la jeune fille. Ce n'est pourtant pas le moment de plaisanter. Je n'ai plus aucun de mes pouvoirs. La Vampyr me les a tous pris.

Chapitre 5

Chasseur contre chasseur

L'annonce fait l'effet d'une bombe chez ses deux amis sortceliers, pour qui une vie sans magie ne serait tout simplement plus une vie. Malgré la boue, Cal et Moineau se précipitent sur leur amie pour lui témoigner leur affection.

— Doucement, je vais bien… Je vous jure !
— Non, Tara, répond Moineau, tu n'as plus tes pouvoirs, tu ne peux pas aller bien !
— C'est horrible ! ajoute Cal.
— On relativise, les amis. Moi, je suis en vie et en pleine forme, ce qui n'est pas le cas d'Oxanne.
— Tu ne crois pas si bien dire, poursuit Cal. Cette face de Glurps de Lachasse a réussi à l'enlever… et Galant avec !

Tara encaisse la nouvelle avec difficulté et doit s'appuyer à la balustrade de l'entrée de la tour.

Galant ! Son familier ! À l'idée de voir celui qui partage toutes ses aventures et la moindre de ses pensées maltraité et exploité par ce fou furieux, Tara sent une colère sourde qui monte en elle. Elle s'éloigne de ses amis et s'assoit sur une marche afin d'entrer en contact avec son familier.

« Galant, c'est moi… Où es-tu, mon beau ? »

Cal et Moineau se tiennent à l'écart, de peur de gêner la concentration de leur amie. Ils en oublient presque de respirer.

La voix de Tara résonne dans la tête de Galant, d'abord faiblement, puis avec suffisamment de force pour le sortir de la torpeur dans laquelle le produit anesthésiant de la corde l'a plongé. Il regarde autour de lui et s'aperçoit être à l'arrière du gros 4 x 4 en compagnie de la licorne, inconsciente. Devant lui, dans la cabine du véhicule, il aperçoit juste la nuque de Lachasse. Ce dernier conduit sur une route en lacets tout en téléphonant.

— Faites-moi confiance ! crie l'homme au téléphone. Cette fois-ci, j'ai les spécimens dans ma voiture. Amenez tous vos collègues journalistes sur les docks sud ce soir à dix-neuf heures et vous ne serez pas déçu, vous avez ma parole ! Deux magnifiques créatures dont la découverte va révolutionner le monde de la science… Attendez…

Le 4 x 4 fait une embardée. Lachasse vient d'apercevoir dans le ciel la silhouette d'une femme ailée qui file vers les hauteurs. Au carrefour suivant, l'homme change de route et, tournant le dos au port, il prend la route qui monte vers le belvédère.

— … changement de programme ! hurle-t-il au téléphone. Ce ne seront pas deux mais trois créatures que je vous présenterai ce soir.

Il raccroche et jubile tout en lançant son véhicule à toute allure dans les lacets de la route.

— Une femme ailée ! Quelle journée, ça n'arrête pas ! Lachasse, c'est décidément ton jour de chance. Une licorne, un Pégase, et maintenant une femme ailée ! Jamais deux sans trois ! Ah, ah ! Je vais enfin pouvoir créer mon zoo et tout le monde devra payer pour venir voir MES créatures ! Ma fortune est faite !

Dans le centre-ville, Tara répète à haute voix les informations que lui envoie Galant.

— Une route… la montagne… les rochers… vers le sud… Je sais, c'est la route de la falaise, celle qui monte au belvédère !

— C'est parti ! s'écrie Cal plaçant ses mains. Par le Trans…

— Non ! hurle Tara. Ma connexion avec Galant est trop fragile, un Transmitus la briserait et je ne serais peut-être pas capable de rétablir le contact. Il faut qu'on les rattrape par nos propres moyens !

— J'ai ce qu'il faut ! dit Cal, jamais à court de ressources.

Il plonge la main dans une de ses poches où il stocke ses miniatures de transport et en ressort un side-car de la taille d'un jouet. Il le pose sur la route.

— Par le Reformus !

L'engin retrouve aussitôt sa taille réelle. Cal s'installe au guidon tandis que Tara prend place derrière lui. Moineau saute dans l'habitacle latéral après avoir utilisé un Apparitus pour munir tout le monde de casques. Sécurité oblige. Le side-car s'élance dans un crissement de pneus.

Serena la Vampyr se pose sur la balustrade du belvédère. Ce dernier offre un magnifique panoramique sur toute la baie de Rosemond. De ce point culminant à une altitude de près de trois cents mètres, la Semchanach se délecte de voir « sa » ville. À l'idée que tous ces humains qui pullulent dans la cité seront bientôt en son pouvoir, elle oublie tous ses échecs passés. Cette fois-ci, Rosemond sera la première étape de sa conquête de la Terre. Elle sait que lorsque les peuples d'AutreMonde apprendront qu'elle a réussi à mettre à sa botte la ville même de la fameuse Tara Duncan, d'autres Vampyrs, refusant tout comme elle les lois stupides d'AutreMonde, viendront la rejoindre pour la seconder dans sa conquête.

— Et tout ça grâce à une simple corne ! s'écrie la renégate en brandissant l'appendice dérobé. Grâce à la magie de Tara Duncan associée à la mienne, je vais lancer un Esclavagus si puissant que des milliers d'humains n'auront bientôt plus qu'une seule idée : m'adorer et me servir.

La Semchanach reste un moment à contempler au fond de la baie tous ces humains qui ne seront prochainement plus que des marionnettes entre ses mains. Puis elle brandit la corne.

— Par l'Esclavagus, que ma volonté s'impose et que les humains…

Elle n'a pas le temps de finir son sort qu'un lasso vient se refermer sur la corne et la lui

arrache des mains avant de revenir dans celles d'Henri de Lachasse. Le chasseur est arrivé discrètement sur la plate-forme du belvédère après s'être garé en contrebas.

— Par ici la marchandise ! s'écrie le collectionneur avant de viser la Vampyr avec un pistolet lançant des fléchettes hypodermiques.

Trois projectiles se figent dans la Vampyr, distillant un puissant somnifère dans son organisme.

— C'est décidé mon jour de chance ! Je parie que cette corne est celle qui manque à ma licorne. Mon triomphe est total !

Serena tombe à genoux. Sa vision se brouille.

— Espèce de mouche à Brrraaa, persifle la Vampyr, comment oses-tu t'attaquer à la Semchanach aux mille victimes !

— La *quoi* ? s'étonne Lachasse. *Semchanach*, vous dites ?

Il ouvre l'encyclopédie cryptozoologique qui ne quitte jamais sa poche intérieure et la compulse sans trouver ce qu'il cherche.

— Je ne trouve rien à « Semchanach » ! Serais-je en présence d'une espèce inconnue ? Je pencherais bien pour un vampire, mais ces ailes me turlupinent, car elles ne ressemblent pas à des ailes de chauve-souris. Regardons quand même à « vampire ».

— Par… Par le Derobus… essaie d'incanter Serena pour récupérer la corne.

Sa magie a le même effet qu'un pétard mouillé.

— Le quoi ? Le bus ? Quel bus ? Et pourquoi pas une trottinette ? « Vampire » ! Nous y sommes. « Créature de la nuit, blablabla… se nourrit de sang… blablabla… être à sang-froid dont le métabolisme a la particularité d'assimiler toute drogue en très peu de temps… » Oh, oh, pas bon, ça…

Effectivement Lachasse relève les yeux de

son dictionnaire de poche pour voir la Vampyr qui avance vers lui, pas à pas, de moins en moins lentement. L'homme ne demande pas son reste et repart en courant vers son 4 x 4. Il bondit au volant.

— Ne soyons pas trop gourmands, je vais me contenter de la corne, pour l'instant. Mettons les voiles, les canassons ! crie-t-il à l'attention de ses deux prisonniers toujours allongés à l'arrière.

Il démarre et le véhicule reprend la route descendant vers Rosemond.

Serena déploie ses ailes et bondit dans les airs. Elle lutte contre le somnifère encore présent dans son organisme et essaie de viser le véhicule à l'aide de Paralysus qui pleuvent tout autour du 4 x 4. Le véhicule se met à zigzaguer sur la route étroite. Finalement, un tir fait mouche et frappe le moteur. La voiture s'immobilise. Henri de Lachasse a beau essayer de redémarrer, la mécanique refuse de repartir.

C'est avec horreur que dans le rétroviseur il voit approcher la Vampyr, dont le vol chaotique donne l'impression qu'elle est prise dans une série de trous d'air.

Soudain, le side-car de l'équipe Alpha surgit au détour d'un virage et vient droit à leur rencontre. Galant pousse un hennissement de joie. Cal, Moineau et Tara arrivent à la rescousse !

Chapitre 6

Le grand plongeon

Cal stoppe leur moto dans un dérapage parfaitement contrôlé et bondit en enlevant son casque. Tara étant sans pouvoir, c'est à lui de prendre la direction des opérations. Son entraînement à l'université des Voleurs Patentés sur AutreMonde l'a parfaitement préparé à ce type d'intervention d'urgence.

— Je m'occupe de la corne! Tara, délivre Galant et Oxanne ; Moineau, tu la couvres avec tes pouvoirs !

Serena pousse un cri de rage. L'équipe Alpha s'est reconstituée malgré tous ses stratagèmes ! La colère de voir son plan encore une fois mis en échec fait disparaître les derniers effets du somnifère et elle s'élance à son tour.

Pris entre l'équipe Alpha, la créature ailée et le monstrueux précipice qui borde la route, Lachasse n'a pas le choix. Il quitte son véhicule, espérant pouvoir emporter au moins la corne et essaie de prendre un petit sentier à flanc de montagne. Serena est plus rapide et un Mouvus fauche les jambes du Nonsos, qui tombe en avant, laissant échapper la corne. La Vampyr se précipite, mais Cal la prend de vitesse. Il bondit, attrape la corne avant qu'elle

touche le sol et dans le mouvement la relance pour l'éloigner de Serena.

— Moineau, à toi ! crie-t-il.

La corne traverse à nouveau les airs. Moineau s'en saisit avec précision et l'envoie en direction de Tara, qui s'en empare à son tour.

— Non ! hurle la Semchanach. Par le Destructus !

Mais il est trop tard. Dès que la main de Tara s'est refermée sur la corne, la jeune sortcelière a senti ses pouvoirs qui à nouveau affluaient en elle dans un déchaînement de toute-puissance. L'attaque de Serena rebondit contre une tornade de magie bleue qui se forme autour de la jeune fille. La magie donne l'impression de palpiter autour de la sorcelière. Ses cheveux blonds, soufflés par le vent, forment comme une corolle autour de sa tête.

— Son et lumière, Tara la sortcelière est de retour ! s'écrie Cal.

La tornade rétrécit d'un coup et se concentre en une boule d'énergie que Tara lance comme si elle jouait au base-ball. Serena ne peut éviter le projectile magique qui explose contre elle et la propulse à l'autre bout de la baie.

Tara saute de joie comme si elle venait de marquer un point dans un match !

— Je ne pensais pas avoir à le dire si vite, dit-elle le visage rayonnant, mais c'est vraiment bon de retrouver sa magie !

L'équipe Alpha délivre Galant ainsi qu'Oxanne, qui descend avec difficulté du 4 x 4. Henri de Lachasse essaie de leur fausser compagnie, mais Cal a l'œil.

— Par le Levitus ! s'écrie le jeune garçon, faisant voler Henri tête en bas.

— Par le Mouvus et le Carapatus ! renchérit Moineau, enroulant le collectionneur dans une couverture qui traînait à l'arrière de son 4 x 4.

— Lâchez-moi, maudites gens ! Lâchez…

Un bâillon met fin aux protestations du chasseur d'animaux. Oxanne s'écroule sur la route. Ses dernières forces sont en train de la quitter.

— Tara ! Vite, la corne, il faut la revisser tout de suite ! crie Moineau.

Tara s'apprête à le faire lorsqu'une forme ailée arrive sur elle à toute allure et lui arrache la corne en la renversant. La Semchanach aux mille victimes n'a pas dit son dernier mot !

Oxanne pousse un hennissement lugubre en voyant son dernier espoir s'envoler. C'en est trop pour Galant, qui s'élance serres en avant et attaque la Vampyr en la poursuivant dans le ciel de Rosemond. Le Pégase fait jouer toute son expérience du combat aérien et évite les jets de magie de son adversaire tout en réussissant à la frapper de ses serres à plusieurs reprises. La mêlée est inextricable et Tara n'ose pas intervenir de peur de toucher Galant. Autour du 4 x 4, tous retiennent leur souffle, notamment Oxanne. C'est la première fois que quelqu'un risque sa vie pour elle ! Après une nouvelle manœuvre particulièrement audacieuse de la part du Pégase, Serena perd de l'altitude et heurte la route. Elle lâche la corne qui passe par-dessus la balustrade de sécurité et tombe vers l'océan et les récifs, deux cents mètres plus bas.

— Elle va se briser contre les rochers ! crie Moineau.

Tara n'hésite pas une seconde et plonge de la falaise la tête la première, suivie de Galant, qui replie ses ailes et tombe comme une pierre. Tara agrippe sa crinière au passage. Le rivage s'approche à toute allure, mais ils ne chutent pas assez vite, d'autant que Tara sent la présence de la Semchanach ailée qui a plongé à leur suite et menace de les rattraper.

Il faut tenter le tout pour le tout !

Un simple ordre mental suffit à Tara pour donner ses instructions à Galant. Le Pégase

se cabre d'un coup, projetant Tara à la vitesse d'un boulet de canon, et empêche Serena de la suivre.

La pression de l'air est si forte que Tara a du mal à tenir les paupières ouvertes, mais elle ne quitte pas des yeux la corne qu'elle rattrape dans une pirouette.

— Par le Levitus ! crie la jeune fille pour freiner sa chute mortelle.

La magie agit, mais la vitesse prise est telle que Tara voit les rochers s'approcher bien trop vite. Tara est comme un parachutiste qui aurait ouvert son parachute trop tard.

Sur la corniche, Cal et Moineau se tiennent prêts.

— À moi de jouer ! s'écrie Cal en plongeant à son tour par-dessus la rambarde de sécurité. Par le Transferus !

Le garçon disparaît et réapparaît une fraction de seconde plus tard en bas de la falaise à dix mètres au-dessus des récifs. Il a juste le temps d'ouvrir les bras pour se saisir de Tara au vol et incante un Levitus. Les deux sorts de lévitation additionnés stoppent la chute mortelle de Tara… et la corne est intacte. Cal se pose doucement sur un rocher plat épargné par les vagues.

— On peut dire que tu tombes à pic ! dit Tara, enfin en sécurité.

Elle pose sa tête contre son épaule. Cal essaie de répondre quelque chose, mais les mots lui manquent. Tara est dans ses bras ! Le rouge lui monte aux joues.

— Attention, elle revient à l'attaque ! leur crie Moineau en pointant du doigt la Vampyr ailée qui descend en piqué sur eux. Par l'Assommus…

— Non, laisse-la faire ! crie Tara.

Moineau retient son sort au dernier instant.

— Sales rats ! hurle la Semchanach. Vous n'êtes que des sales rats ! Par le Transformus !

Un jet de magie rouge et blanc fuse vers Cal

et Tara, mais celle-ci n'a qu'à tendre la corne devant eux et toute la magie de la Vampyr y est aussitôt aspirée et stockée.

Privée de ses pouvoirs, les ailes de Serena disparaissent et la Vampyr plonge vers l'océan en battant des bras.

— Par le Transformus-Levitus ! crie Tara.

La corne recrache le sort emmagasiné, qui retourne à l'envoyeur. C'est un petit rat qui retombe sans mal sur le rocher près d'eux.

— Griiiik ! fait le rat Serena.

Un Transferus plus tard, tout le monde est remonté sur la corniche. Tara emboîte la corne avec précaution sur la base du front de la licorne avant de la visser. Le corps de la créature est parcouru d'une onde lumineuse, comme si elle revenait à la vie. Elle se remet sur ses sabots et son premier geste est pour Galant le Pégase, qui a si vaillamment combattu pour la sauver. Elle enfouit ses naseaux dans la crinière du cheval ailé… qui se met à trembler d'émotion.

— Je vois que l'ambiance est à la détente, ici ! Il y a même des couples qui se forment, on dirait…

Maître Chem vient d'apparaître sur la route de la corniche.

— Des couples ? s'étonne Cal. Pourquoi des couples ?

Moineau explose de rire.

— Cal ? Et si tu me posais par terre ? demande Tara d'une voix douce.

Le Voleur Patenté réalise alors qu'il tient toujours Tara dans ses bras.

— Ah, ça ? Non, il y a méprise… Euh… enfin je veux dire…

Tara décide d'être sans pitié pour son ami et lui dépose un baiser sonore sur la joue. De rouge, Cal passe à écarlate.

Le dragon se saisit du petit rat.

— Alors, tu leur as encore donné du fil à retordre si j'ai bien compris…

— Griiik ! répond le rat Serena.

— Du fil ? s'étonne Cal. Non, elle ne nous a pas donné de fil…

Aux sourires de Moineau et de Tara, Cal comprend s'être à nouveau fait piéger par une expression Nonsos et pousse un soupir découragé.

— Si Oxanne est d'accord, je propose qu'elle reste encore un peu sur Terre, annonce Tara. Grand-Mère revient ce soir et je sais qu'elle a toujours beaucoup de plaisir à parler philosophie et astrologie avec les licornes.

— Je donne mon accord, ajoute Chem en se tournant vers la licorne. Chère Oxanne, après toutes ces émotions, vous avez bien mérité de découvrir que la Terre peut être aussi une planète très accueillante. Je viendrai vous rechercher demain pour vous ramener dans les plaines du Mentalir sur AutreMonde.

— Je suis d'accord, dit la créature, toute contente d'avoir retrouvé sa voix. Votre grand-mère semble être une humaine de grande qualité.

Le dragon disparaît dans son tourbillon habituel de lumière, emmenant avec lui Serena et ses « Griiik ! » outrés. Galant pousse un hennissement joyeux et se cabre en martelant le bitume de la route de ses serres. Un moment surprise par cette manifestation intempestive, Oxanne décide d'oublier les convenances et d'imiter son beau sauveur.

Au soleil de Rosemond, sa longue corne dorée brille de mille feux sur sa tête. L'équipe Alpha s'assoit sur le muret de la corniche pour admirer les deux créatures s'ébrouant dans une ronde aussi vive qu'amoureuse. Une licorne et un Pégase... Il n'y a qu'AutreMonde pour pouvoir proposer un spectacle aussi magnifique... Il n'y a guère qu'Henri de Lachasse, immobilisé à l'arrière de son 4 x 4, qui n'apprécie pas cette fin de matinée.

Chapitre 7

Un dîner sous les étoiles

Le soir est tombé sur Rosemond. Tous les occupants du Manoir Duncan ainsi que leur invitée dînent sous une tente, dans le jardin, spécialement montée pour l'occasion.

Le repas est gai et détendu. Même Isabella,

la grand-mère de Tara, rit de bon cœur au récit des aventures de cette journée mouvementée.

— Ainsi, Tara, relève la vieille dame pour titiller sa petite-fille, tu as vraiment dit « C'est vraiment bon de retrouver sa magie » ou ai-je rêvé ?

— Oui, j'avoue, Grand-Mère, je l'ai dit et pensé très fort. Mais cela n'enlève rien au fait que je préfère utiliser un grille-pain pour mes tartines au petit déjeuner.

— C'est effectivement plus sûr pour tout le monde, commente Manitou, l'arrière-grand-père de Tara, qu'une expérience ratée a transformé en labrador. Mes moustaches gardent un souvenir particulièrement enflammé de ce matin.

Le gros chien se tourne vers la licorne.

— Voyez-vous, chère amie, mon arrière-petite-fille que voici possède un don qui, s'il fait honneur à notre famille, n'est pas sans poser

quelques soucis de sécurité. Je me souviens de cette première nuit où elle a utilisé ses pouvoirs, elle n'était encore qu'une enfant et notre maison était attaquée par des Sangraves d'AutreMonde vous savez, ces sortceliers qui utilisent la magie démoniaque…

Manitou se lance dans le récit des premiers exploits de Tara, accaparant l'attention de la pauvre Oxanne, qui préférerait continuer à discuter par télépathie avec Galant se tenant tout à côté d'elle. Isabella décide de venir à son secours et de détourner la conversation.

— Au fait, qu'est-il advenu de cet horrible individu, ce Lachasse de sinistre réputation ? demande Isabella.

Les trois membres de l'équipe Alpha échangent un clin d'œil complice. Cal se lève de table et projette une image de télévision sous forme d'hologramme à l'aide de son cristal.

— Voilà ce qui passait en boucle sur toutes les chaînes d'information Nonsos en début de soirée, annonce-t-il.

Toute la tablée découvre alors un reportage dans lequel un journaliste, micro à la main, s'adresse directement aux spectateurs.

—Nous voici donc sur les docks de Rosemond, où nous a donné rendez-vous le célèbre mais controversé cryptozoologue Henri de Lachasse. Ce collectionneur nous a contactés aujourd'hui en nous affirmant avoir capturé une licorne. D'ailleurs, voici un conteneur où est inscrit le mot « licorne ». M. de Lachasse est en retard, nous allons donc ouvrir cette boîte sans lui. Qu'est-ce qui nous attend derrière cette porte ? Le canular de l'année ou la découverte du siècle ?

L'homme actionne la poignée et ouvre les deux battants en grand. En guise de licorne, tout le monde peut découvrir Henri de Lachasse attaché et bâillonné, portant une corne en papier sur la tête. Le reporter enlève le bâillon d'un coup sec.

— Les trois jeunes ! Ce sont eux qui m'ont volé ma licorne ! éructe le collectionneur. Je vous jure, les licornes existent et les jeunes ont des pouvoirs comme ceux des magiciens, ou des sorciers…

Le journaliste remet le bâillon pour avoir la paix et se repositionne face à la caméra.

— Canular ou découverte ? Je crois que nous avons, hélas, tous la réponse…

L'enregistrement de Cal se termine sous les rires de tous les convives présents sous la tente.

La licorne rit elle aussi puis s'éloigne un peu de la table pour regarder le magnifique ciel étoilé. Elle sent l'aile de Galant qui s'enroule autour d'elle pour la protéger de la fraîcheur de la nuit. Ses pensées sont pour les plaines du Mentalir où elle a hâte de repartir, mais elle reconnaît que Chem le dragon a raison : la Terre peut être aussi un endroit agréable à vivre… lorsqu'on est en bonne compagnie.

FIN

Dans la même collection

1. La sirène muette

2. Mes meilleurs amis

3. Le Sceptre caché

À paraître

5. La soif de l'or

6. Ma sortcelière mal aimée

7. Robin des elfes

8. Sirène malgré elle

9. Quatre parchemins

10. Le regard de Claire

Achevé d'imprimer en août 2010 sur les presses de DEDALO en Espagne
Dépôt légal : octobre 2010